# 擬小説詩・近似的詩人ウスタゴ或いは起承転々
# 多重音声遁走曲　または　もしくは・・・

小勝雅夫

思潮社

# 擬小説詩・近似的詩人ウスタゴ或いは起承転々多重音声遁走曲　または　もしくは・・・

小勝雅夫

思潮社

目次

装幀＝思潮社装幀室

擬小説詩・近似的詩人ウスタゴ或いは起承転々多重音声遁走曲　または　もしくは‥‥

# I　序曲——鷩走曲

自分の糞便より、常に先に進んでいるような人間がいる。

——ルネ・シャール「イプノスの綴り」（吉本素子訳）

〈近似的小説ウスタゴ〉の成功以来　長い間　俺ウスタゴ・ウスタコークは　俺自身を自他ともに許す詩人だと自惚れていた
だが　ある日俺を襲ったあの一撃が俺の自信を粉々に打ち砕いたのだ

……或る日　突然　空の一端を突き破り飛び込んできた飛行物体が　一瞬の閃光とともにいきなり俺の頭骸の円天井をぶち抜いたのだ　虚を衝かれて俺は廃墟のように垂直に立ちつくした

だがその物体が　世界の屋根を突き破り　降りかかる爆弾だったと知ったとき　俺の惰眠の脳味噌はバラストのように飛び散って粉塵の夢となり　ために俺はまとまった思考を失ってしまった　そうしてスローモーション映画のなかでのように　中空に浮遊する夢の中で　俺は俺の夢を縊(くび)り殺した　殺された夢は　おぼろに痩せていきながら　後じさりしておもむろに消え　古き良き夢の時代とおさらばした

そいつは天の声だったのか　宇宙圏外はるか彼方から俺の頭蓋の穹窿を貫いて　ひとつの

声の直撃が俺の脳天をつらぬいたのだ　その声は大音声(だいおんじょう)で俺の頭蓋の内壁に反響した　そ
の声は鳴り響いた

**すべて書かれたものは豚のように不潔だ！**[*1] **詩を書くこと**
**なんか野蛮だ　文化はすべてゴミ屑だ！**[*2]

俺の体内を駆けめぐり止むことのないその声の激しい勢いに　狼狽しうろたえ胆を潰して
俺の五臓六腑に囚われていた言葉と意味とが　金縛りにあった俺の身体から遁れるため
目といい口といい鼻といい耳といい　尻の穴から性器まで穴という穴の出口を求めて算を
乱して走り出した　そして遂には俺のドームに頑固な耳鳴りとなって牢名主のように居座
ったその声は　俺の中のあらゆる慣れ親しんだ言葉という言葉を追っ払ってしまったのだ
その声はさらに怒号する

# 文学をする手合いなんてすべて豚のようなものだ！[*3]

俺はその声を振り払おうとがむしゃらに抵抗を続けたが空しかった　俺は自問した　そうか　俺は単なる文学をする手合いにすぎなかったというのか　俺の頭蓋骨が形作る天空の伽藍のなかに　天上の音楽とともに鳴り響いていたあの光すらも野蛮だったというのか……　言葉を失って狼狽した俺はまったく無能だった　たしかに身に覚えがないわけではない　それは「あの日々」のことを思い出させたのだ　あの日あのとき　一発の閃光が地上のすべてを焼き尽くし　文明を生み出した世界の「理性」は一瞬にして蒸発したのを　以来俺はそのことを知るべきだった　そして俺の知らない世界での　あの方法的制覇の勝利　計算し尽くされた徹底的な民族浄化の虐殺と　技術が冷静に進める大量殺戮をまえにして　すべての文学する手合いは豚であることを俺は肝に銘じなければならなかったのだ　確かに　俺の詩などは「古き良き時代」の波に揺られて歌う鼻唄か子守唄にすぎなかった

だが　生まれてからこのかた　言葉は俺のすべてだった　気を取りなおして　徒手空拳言葉を再び手にするために　俺は逃げ出した言葉を呼び戻しかき集めようとした　しかし虚しく言葉は俺の指の間をすり抜け　空中に泡沫のように消えた　やむなく新しい言葉を求めようにも　すべてはあまりにも遅すぎたのだ　俺の指先は白紙の上を疾走し　キーボードを乱打して　液晶画面の氷の上に全速力で新たな言葉を生産する　だが俺はただ新しい不能と野蛮で不能の上に上書きするしかなかったのだ　この無限の循環を振り切るために　俺の果てしない野蛮な疾走は始まったのだ

〈だが　しばし立止まって俺はこう考えもする――書かれたものは豚のように　ベーブのように美しいとは言えないだろうか　確かにこの節美しい豚はたくさんいるのだ　牧羊犬に育てられて羊を追うベーブの物語を思い出そう　ベーブはスクリーンの前で大衆を現実から引き離し　つかの間の夢を見させる（一方　別の大陸では　官憲は豚を豚舎に戻せといい　豚は私の恋人だと少女は主張して譲らぬ　豚はペットに昇格したのだ）〉

しかし豚が清潔か不潔かなんてどうでもいいことだ
問題は俺が豚であろうとなかろうと　俺が無能で不能で不潔であるかどうかだ
そうだ　豚と呼ぶのはやめにして　こう言いなおそう

**すべて書かれたものは**
**垢のように　いや糞のように不潔だろうか**

俺は錯乱の中で必死に考えた・・・・　いや不潔でもいい　いっそ泥まみれの豚になろう　確かに不潔だった　それはかくという悪癖の自慰に溺れて　全身から汚辱の垢をひり出すことだった　掻き直す　また書きなおす　だが今もすべて書かれたものは日々の糞のように不潔だ・・・・　だがまた俺はこう開き直っても見るのだ　おお　結構じゃないか　もとより俺の全身は野生の豚のように泥まみれだ　それで何が悪い　全身俺自身の排泄物にまみれ　身に纏うのは糞まみれ　泥まみれのボロ布を綴り合わせた糞掃衣（ふんぞうえ）　でもそれでなにが悪い　俺自身の汚濁の上でのたうちまわり　綴れの上にまた糞をなすり　垢と糞とはまざりあいこね合わさって俺の全身にこびりつく　それでなにが悪いのだ　半世紀このなりわ

いに身を捧げてきた俺だ　むしろ厚化粧を施した言葉こそ不潔じゃあないのか
生きねばならぬ　俺にとって生きることは書くことと　俺は自分に言い聞かせてきたのじゃなかったのか　それは言葉を摑むことじゃあなかったのか　そして書くこと　創造することはもう一度生きることじゃあなかったのか[*4]

いま書くことは言葉を再び摑むこと　明晰よ　正義よと口走るまえに……　おんみの言葉と引き換えに　俺はいっそ泥まみれ糞まみれで己自身の汚辱の生を引き受けよう　書くこと　それは今野生の豚を引き受けること　掻きむしること　漫然と日々を生きてさえ垢は積もり　糞は溜まる　たまり溜まって糞は固まる　生きるとは掻きむしった垢とこびりついた糞の山を糞掻き棒で掻きむしり　糞のなかから言葉を摑んで立ち上がること　日々垢と糞とに格闘すること――
（ウスタゴの悪夢　ウスタゴは眠れぬ日々を　褥の上に起床して輾転反側　転結もない起承転々の終わりなき錯乱を掻きだす……）

……こうして生きることは闘争となった　遁走もまた闘争となる　己自身と格闘し　すば

やく脱皮し遁走する　遁走し転身する　この転々の闘いに　この転身と転進との闘いに起承転々　結びはない　芸術も遊行（ゆぎょう）も棄てた　遊芸の道も断った　きらびやかな言葉は唾棄した　身にまとうのは　自らの糞にまみれ　粉塵のなかから拾い上げた糞まみれの言葉の切れを綴りあげ　縫い合わせた糞掃衣　美しい衣を纏う余裕はない

ペンを走らす　遁走するペン　ペンは走る　光を欣求（ごんぐ）し　その一点をペンで追う　ペンは光を追う指の動きにつれて躍り　そのとき一気に百里の詩行を連ねる　詩行があとに残す皺のような足跡　だがそのときペンは滑走する刃　踊りながら氷上を走り抜け　跳躍して液晶画面の盤面に乗り移り乱舞する　今は指もキーボードに跳び移り　目まぐるしく転換する画面を追って　アルファベット仮名文字記号の上をホップステップジャンプする　トリプル　ダブル　時代のテンポに乗って変わる画面に　ひたすら乱打する言葉の導くままに踊る　螺旋状に回転　直進　屈折・・・　俺の指から踊り出る言葉は狂気と正気の辺縁をひたすら狂気に迫っていく　ついには夢魔と覚醒との境界域を踏み外し　正気を失い　その一瞬の間隙を入眠幻覚を装った夢魔が襲う

かくして俺ウスタゴは　意味と無意味のせめぎ合う非意味の淵で　明晰と正義への渇望に身を焼く　だがたとえ譫妄に陥ろうとも　たとえ狂気に捉えられようとも　俺のうわごとにも意味はあろうというもの　かつて異国の古い話だが　王の譫妄にも理性を見たものが口走ったのは　乞食になりすまして世を生きる誠実な男の科白じゃあなかったか　奴は思わず口走った　**ああ　意味と無意味が入り混じっている　狂気の中にも理性がある！**＊5と　だが俺は断じて言うことができる　「**科学**」だと？　「**理性**」だと？　世界の理性はあの一発で己自身をも吹っ飛ばしたのだ　いやすでに己の驕りに溺れ　蝕まれ尽くしていた「**理性**」は己自身に止めを刺したのだ　俺は断じて言うことができる　あれを理性というならばいまや**理性の中にこそ狂気がある**と　世界の理性は営々と狂気を育ててきたのだと　そして登りつめた科学も理性も**凶器**となった　**ならば俺は俺で俺の理性を摑まえよう**

明晰よ　正義よ　俺は踊りながら俺自身の狂気を見据える　見据えながらついには幽冥の境界域で死者たちの言葉に触れる　無名の死者たち　すでに保身の計らいもなく　権勢へのおもねりもなく　名誉へのあらゆるものへの欲望もない死者の言葉に遭遇する　死者たちからなにを汲み取ることができるのか　俺にその自信はないが　**ただ死者たちの中から**

**逆照射するものが摑みたいのだ**　そうして俺自身の狂気の中に僅かに残る覚醒の光で俺自身の譫妄を記録するとき　凶器ではなく　虚と実の狂気の中の**俺の理性**を構築するのだ

俺は書く　書き進む　書くことで前進する　遁れることは進むことだ　転身は転進だ　踏み外し逸脱を恐れることなく　やみくもに俺は進む　気の利いた落ちも結びも無縁　何とでも笑わば笑え　こうして俺のペンは盤面を飛び出し巷を駈ける　誰もこの勢いを止めることはできまい　俺は遊撃手のように言語の都市を駈けぬけて　赴くままに**明晰に俺の狂気を書きとめるのだ**　そのとき俺は**強者**ではなく**狂者と死者の境**からすべてを見るのだ

＊1　アントナン・アルトー「神経の秤」清水徹訳、『神経の秤・冥府の臍』（現代思潮社）

＊2　テオドール・アドルノ「文化批判と社会」、藤野寛著『アウシュヴィッツ以後、詩を書くことだけが野蛮なのか』参照（平凡社）

＊3　アントナン・アルトー「神経の秤」清水徹訳、『神経の秤・冥府の臍』（現代思潮社）

＊4　アルベール・カミュ『シーシュポスの神話』清水徹訳（新潮文庫）

＊5　シェイクスピア『リア王』野島秀勝訳（岩波文庫）第四幕六場

# Ⅱ　狂走曲

ぼくは自分に言いきかせるのだ、ぼくはひとりの外国人、異邦人、火星からやってきた生物なのだと。

——ロレンス・ダレル『黒い手帖』（福田陸太郎訳）

ウスタゴ・ウスタコーク
生まれは濠端番外地　無国籍にして多国籍者　変身する両性具有の両棲類　卵生にして胎
生の　石を投げられて育った俺の出生に日付はない　その日その日が誕生日だ

*1*

気が付けば　今日ははや三月六日・・・　そこで俺はまず三月六日誕生と書く　三月六日
〈三月六日〉は今日も自転する地球の軌道を走る
回転する青い林檎の実を剝くように日付けは地球の皮を剝ぐ　子午線と月というナイフそ
の白銀の輝きで蔭と日向を作り　日替わりの月は鎌となり地球の皮を剝ぐのだ
三月六日　ぼく　俺はやってきたのだ　ぼく　俺　私が日付を書きとめるとき　ぼくはそ
のことで宇宙の果てからやってくる　ただ今日の日を記すだけで・・・　三月七日俺はくる
三月八日ぼくはくる　その時私もまた子午線上にあり言葉で地球の嘘を剝ぐ
**世界は今ジュラ紀から白亜紀へ　白亜紀からジュラ紀へと循環を止めない　恐竜が地響き**

をあげて暴れまわる　ジェット噴射の翼竜が獲物を漁り　大地の母を強姦する　巨大怪獣が火を噴いて突進し　そのキャタピラで地上の建物を踏みつぶす　ロケット噴射の男根が獲物を求めて空を飛びかう　そのあとを厚い甲羅　硬い鱗を身にまとう雑魚どもが扉を蹴破り　窓という窓に火炎を吹き込む　毒液を撒き散らすのだ

闊歩する殺人機械　のし歩く強姦機械　狩猟の時代をのし歩く男性機械のフロンティア　英雄という殺しのプロ　放射能性戦争機械人間が大地に向かって　寄ってたかって射精する　今では大地の母たちを強姦する　「英雄」という堕ちた偶像

陵辱される聖母　悲母　殺戮する英雄たちが母なる大地の腹を裂く
踏みにじられる子供たち　羊水とともに空中に抛り出される胎児たち

*2*

今日三月八日　正義の戦争はあるのだろうか

今日も血塗られた剣を引っ提げ恐竜は歌う　子守歌は扼殺　善行からは程遠い尻馬にのって　陳述者が赤い布着てとおる　車はキャデラックの鋳型　赤い帽子に赤い靴　連想に乗ってマリオネットが踊る　その人型の二重の線が映る網膜に大きな入り江が波打ち　岬の鼻を歩くひとの姿が突然消えた　鎖状にフィルムのコマをつなげながらいつ果てるともない連鎖で闇の中へと突入する映画　今日も映画は微視的に繋がれた鎖状の「時」を空転させる

そこで突撃隊がいまだ肌寒い春の大講堂での前衛舞踏へと移り季節は春　四月　正しい戦争はあるのだろうか　このペンの走る音に隣の女が耳そばだてるとき　臨床的に見てもなぜか寒い都心の学園祭　裸足の女裸の男　飛びはねる蚤の踊りの傍らでうっすらと裸に化粧をした女が眠る　男はやさしい　優しい寝言を発する　数学を眠る男　数学者の眠りだ　五階建ての集合住宅から飛び降りて傘は開かずそのまま眠ってしまった男　離れてかえって思慕はつのる　角隠しをほどいて花嫁はひとり赤いフンドシをしめ　山手線から常磐線へと論理の切換は完了　しかしハーケンクロイツ—鍵十字を寺院の卍—まんじと取り違えて配達した郵便配達夫が　アウシュビッツ生存者の女性を失神させて

しまった

*

五月そこに配達されるこだわりの本質　大小百のヘビが本音で全山の木の葉を揺さぶり返す峰の襲撃　谷はビルディングの下にあり　海は階下を流れ去った　流氷が蟬の膿から流れてくる　山が疾（やま）しさで地すべりする　新山が横滑りしながら爆発する　隆起する人体のいたるところにダイナマイトを背負い新しい女は去った　あの八人の漁師たちが拵えた簗（やな）に彼女のもうひとつの陰部が転げ落ちた　統辞法にはこだわらず彼女が川上のきれいな水で洗った思想だ　くたばれ　壁の中の眠れる像　哲学者の眠り　壁の中の死　死びと達の集団が　壁の中から流れてくる　死者が生者を悩ませる　埃の言葉を吹きつける

*3*

六月　緑の戦争　青い戦争　赤い戦争　黒い戦争　黄色い戦争
黄色い戦争はありましたか

きれいな戦争　きたない戦争　汚れた戦争　邪悪な戦争　正しい戦争　正しい戦争はあり
ましたか

緑色の芝が広がるところここはたっぷりの薬剤で緑に塗られた樹木の墓場　男たち女た
ち立ち交じってクラブを振る　白い打球が芝の上に落ちゆっくり転がる　転がりながら
芝のホールの直前で突然大きく頭蓋骨になる　そのまぶしいばかりの白さ　男たち女た
ちなおそれを打つ　一瞬跳ね上がる土くれとともに粉々に舞い上がる美しい骨のかけら

八月　正しい戦争なんてあったんだろうか　目を閉じると見える　繋がれた男たち　肌色
の廊下を向こうへ歩いていく肉色の裸の列　疲れた裸　太く締まりのない裸の列が　右寄
りの側を流れて行く　ピラミッド状に積み上げられた裸の男たちに狂喜して群がる裸女た
ち
そして俺の眼球の中央の一点が爆発する　ミクロの隕石が転がりながら眼球のブラックホ
ールに吸い込まれる　そのとき胎盤のない男たちの膀胱はすこし塩味のする羊水で充たさ
れ　そして空虚だ

そしてまた　ここスカイスクレーパーの谷間を　春爛漫の花を散らしながらを吹き抜ける風　そして塵芥とともに新聞広告を吹き上げる風　紙は行きかう人の足に絡みつき人々は苛立ってもつれた紙を蹴散らしていく　紙は舞いそこ無人の渓谷を縫って吹き上げ　吹き上がり　よじれる紙から活字は蟻となって飛び　峡谷を覆う　蟻の集団　蟻の復讐　無数の軍団が再び舞い戻って都市を襲うとき　蟻はびっしりと五番街の広告塔にたかった　漠然とした縞模様の問いが全速力で通過する頭の中で津波が起こる　白々しい逸脱の岸辺で狂う計算の波

正しい戦争はあるのか　世界は今ジュラ紀から白亜紀へ　白亜紀からジュラ紀へと循環を止めない　地響きをあげる怪獣たち　空からは翼竜が地上の獲物を漁り　大地の母たちを強姦する　巨大怪獣が戦車の形をして　地上の建物を踏みつぶし　ジェット推進の始祖鳥ロケット噴射の男根が獲物を求めて飛びかう
闊歩する殺人機械　のし歩く強姦機械　狩猟の時代をのし歩く男性機械のフロンティア

放射能性殺人機械人間が大地に向かって　寄ってたかって射精する　世界支配の野望をもつフロンティアスピリッツ　そこ世界に拡大するネットワーク高速道路は　踏み潰された人骨と獣骨とで舗装される　そこでは堕ちた小さな偶像たちが　強姦者たちに変貌する

（そのとき彼らの目をすり抜けて体当たりする自縄自縛の自爆者たち）

*4*

すべてが死語であるか私語であるかの正義　漠然としたいたずらの機運で書き直すこの「書かれたもの」の気風　茫漠としていた元素の気温が　塵ひとつない机上の案件にとってマイナスになるとき私たち私そしてぼくらにとって何一つ私語はなかった　君　ぼくおまえ　おれ　そして死語すらなかった　子午線にまつわる蜘蛛の糸のねばり　垂直に交点を持つ子午線のほつれ　垂れ下がる髪を子午線で束ね黒い髪は星々につなげる　まばゆいばかりの光背がそのとき一発の銃声とともに　そして犬の遠吠えとともに消え去るとき入眠の幻覚が立ち上る燻香の煙とともに部屋の中程を横ざまに漂い　銃声または遠吠えに

崩れるイマージュの響きがその霞の中に搦めとられる「ドラマはもはや終わりの時代」
イマージュは排気口から排出される
私は言葉のために働き　言語を嘔吐する人はインド料理店の二階から逆しまに墜ち　そして曲線をなす嗜虐者的な金属の輝きで街は光りはじめた　屋根は光り硝子窓は光りショウウインドウは光りオートバイはひかり木管楽器は光り女たちの踵は光った

そこに夏のお花畑の賑いはなくレイモンドの眠気はいっぱしに体にこたえ海を眺めて炭酸ガスを吸う老いた男の眼に敬意も睡眠もなく雑誌「膿の出る傷口」からどっとばかり羊水溢れ　波打ちぎわの稜線は山波の裾から波形に彩られ案の定ぼくらいちはつの花に見とれている

だからこそペンを動かす　光が一点に集められその一点にペン先はあり指の動きにつれて眼球は動く　思いっきりそのときペンが伸びる　一気に百里の詩行をつらねる　黒インキの詩行が稚気で単調に塗りこめるノートの端から端までまるで小皺のような千鳥の足跡黒いインキのモノトーンの夢のなかからわたしを君をぼくをあなたを指さす指は空しく正

しい戦争を模索してさまよう

なぜなら　葉脈の網状組織　透けて見える葉脈の観念の網状組織にとらえられた虜囚の肌
破れた凧のように破産したあなたの胸乳を捉える葉脈の上に棲みついた蜘蛛が　盛り上が
る乳房にしっかり爪を立てるから

なぜなら盤上を泳ぐ星形の金魚銀魚を釣り上げる独りの棋士が「真実の真珠は新宿の飾り
棚から新宿の真実の鋪道の上に落ちた」と新聞でそれを読んだから　四段の腕前を持つ男
ウスタゴ　その棋士は新宿の真実の真珠の記事について真実の飾り窓の女に語った　新宿
の真実の真珠の話だって？　そんなはなしはなしにしてよ！　と新宿の真実の飾り窓の女
は頼んだ　応答はなかった　この国の王党派からは応答はなかった　答はまことに簡単
と男は応答した　それは騎士の答？　と女　またもや応答はなし　それは棋士のはなしだ
よ　と向こうの岸辺で燃える新聞紙を丸めて放り上げながら釣り人が叫んだ　そいつは演
説者だったんだ　われわれがカメラを被写体に向けるように君はペンを紙の上で使うのか
い　すると言葉はペンカメラの被写体ですぜ　だが私は言葉の釣師なんだ　盤面の成金と、

、金を釣り上げる釣り師だったが　今は紙の海から一本釣りですばやく他者の言葉を釣り上げるのさ　と演説者は力む　なるほどぼくらは言葉という他人の吐いた空気を呼吸している　空気が声帯に顫えて音声となるとき言葉は形となるのかね　いやいや今日は不漁でね
空気空気っていったい何なんだ　君は空気を食う気かい　とんでもないわしはそんなもん釣ったりなんかしないんだ　鳥とりがとりを取ると鳥になり鳥を取るととりになるはなしを知っているかい　とりとりがとりを取るととりとりはとりとなる　鳥とりがとりを取るととりは消え鳥が残る
すると鳥とりは鳥をとるのかとりを取るのか自分でもわからなくなるんだ

*5*

正しい戦争はあるのだろうか　戦場から遠く離れ　ウスタゴは走る　ウスタゴは生きる
ウスタゴは恋する　ウスタゴ・ウスタコークは書く　いつか「ウスタゴ・ウスタコークは生きた　恋した　書いた」　と言われるためにも　あこよ　ぼくは君を始めてみたとき「あっ」と思った　君がぼくを見たとき「はっ」と思ったようにね　だからぼくは君のこと

を「あっ」子と呼ぶことにしたんだ　それが君の頭文字を書く初めだった　だけどどうしてこのごろ君は姿を見せないんだ　君は旅に出たんだ　きっと一人で物思いにふけりに行ったんだ　それから疲れてちょっとばかり休んでいるんだ　あこよぼくは君を始めてみたとき「あっ」と叫んだ　それから君をアッコと記すことにしたんだ　なぜなら君はぼくが最初に君を見たとき「あっ」と叫んだからだし　ぼくは君のことをひそかに「アッコ」と名づけたからだよ　君はどこにいるの？　君は君の若い友達とどこかで楽しい時を過ごしているのか　それともふたりの生活の設計をしているのか　だがぼくの体験からしてみるともう二人の「設計」なんてないんだ　「愛」なんていったってコマーシャルのようにうそっぱちなんだ　プロパガンダのように　ごまかしなんだ　だからぼくは君を「アッコ」と呼ぶことにしたんだぜ　だけどアッコよ　いつか君をぼくの「愛」子と呼べたらどんなにいいだろう　だけどアッコよ　そんな時はこないだろう　それよりも「あっ」と叫ぶことがいつまでもできればそれで満足だという気がしている　「あっ」きみはこんなひとだったの　「あっ」君はやっぱりいい線いってるね　「あっ」君にこんな才能があるなんて「あっ」やっぱりぼくの第一印象は間違っていなかった　だけど　「あっ」やっぱり君は行っちゃうのか　そんなことはそんなことは絶対ないはずだ　アッコよ君がぼくに微笑みか

けるとき多少ぎごちなく固い笑みが君の頬で顫えた　ぼくの笑みもいつも固い　だけども
ぼくはそれだけで幸せなんだ

だがウスタゴは聞いてしまう　隣の女　あのいかれた女が言っていることを……
――あら　あたし　そんなに魅力があるのかしら　だってあたしの一ばん大切な二の腕に
ひらいた三つ唇の奥に生えそろった虚構のはしばし　正しい戦争って何　まじまじとあた
しを見てひとはむっつり黙り込んでしまうのに　あなたってなに　もうあたしだって黙ら
されることも瞞されることもないわ　さんざんに人のことを信じろといっていた連中がす
んでのところであたしを売りとばしてしまうところだった　あなたが口を開くたびにあな
たの白い骨のはしばしが　唇の奥にのぞいて見える　それってあなたの骨なんでしょう
次に女は言う　この片言の意味がわかる？　片言だって？　カタカナじゃなかったのか
とウスタゴ　女は早口に言う

――ワカモノタチハイッセイニセイナルシュウキョウニハシッタ。キソッテセイコウヲユ
メミチツジョハミダレタ。カミノオシエハウチガワカラモソトガワカラモクサッタニオイ

ヲハナツシュウキョウトナッタ。シュウキョウカイカクハトショウシテ、フシュウノシュウハガツイニチカカラサリンノガスヲハナツトアチコチノチカテツデフリンジケンガハッセイシタ。ジケンハワシントンニモトビヒシ、ラクエンヲモトメルオトコタチガコゾッテチツラクエンヲメザシタ。エイヨウトエイガノキワミハハリウッドノチジョウラクエンキョウワレワレノアタラシイセイキノカミハマダマスキョウダイニソノセイサンリョクヲホコッテイル。セイギノセンソウ　バクダイナジドウシャノカズトソノギセイシャノカズ。フシュウヲハナツイドウラクエンヲアヤツルオトコタチノシュウダン。ムスメタチハソノカラフルナジブンノシャタイニフェロモンヲフリカケテサソウ。アシタニミチヲシレバユウベニチツトモカナリ、ト。

すると隣の男　この女に恋していた若い男の翻訳者　すなわち俺ウスタゴ・ウスタコークが　ここぞとばかりすかさず次のように同時通訳をした

——若者タチハ一斉ニ性ナル臭教ニ走ッタ。競ッテ性交ヲ夢ミ膣序ハ乱レタ。神ノ教エハ内側カラモ外側カラモ腐ッタ匂イヲ放ツ臭狂トナッタ。臭狂改革派ト称シテ誣臭ノ秋波ガツイニ地下カラ紗綸ノガスヲ放ツトアチコチノ地下鉄デ不倫事件ガ発生シタ。事件ハワシントンニモ飛ビ火シ、楽園ヲ求メル男タチガコゾッテ膣楽園ヲ目指シタ。栄養映画ノ極ミハ聖林ノ痴情楽園、今日我々ノ過ギテ行ク性器ノ神ハマダマスマス強大ニソノ凄惨カヲ誇ッテイル。性戯の戦争、莫大ナ自動車ノ数トソノ犠牲者ノ数。腐臭ヲ放ツ移動楽園ヲ操ル男タチノ集団。娘タチハソノカラフルナ自分ノ斜体ニフェロモンヲフリカケテ誘ウ。朝ニ未痴ヲ痴レバタベニ膣トモ可也、ト。

大した同時通訳ではないか　所々に誤訳があるが　誤訳も時には有用だ　誤訳誤解でまたひとつ思わぬ展開の種火にもなろうというもの

*6*

世界は今ジュラ紀から白亜紀へ　白亜紀からジュラ紀へと循環を止めない　巨大怪獣戦車が地響きをあげる　翼竜が地上の獲物を漁り　母なる大地を強姦する　地上の建物を踏みつぶす怪獣　そのかげをついてゆく甲羅をかぶった雑魚の群れ　手に手にマシンガンかか

げ　虱潰しに家々の扉を蹴破る　ジェット推進の始祖鳥　亀頭をもたげた男根が獲物を求めて空を飛びかう

闊歩する殺人機械　のし歩く強姦機械　狩猟の時代をのし歩く男性機械人間のフロンティア　放射能性殺人機械が　寄ってたかって　大地の腹を抉り取る

**（だが　また　今では新たな獲物を宇宙にもとめ　旅立っていく男性機械　性戯の機械**
**俺もまたあの性戯の機械に魅せられて俺自身を侵犯してきた）**

あれは正しい戦争だっただろうか　いや　どこに正義の戦争はあったか　あるのは性戯のたたかいだけではなかったか

*7*

あの地下鉄の事件から程なくして雑踏の地下街でミクロの核爆発が起こったとき　爆発音は一瞬に凍結し　無数の人間が爆風に吹き飛ばされて林立する電波塔にひっかかった　飛

散した肉片ははるかな山々を越えて林檎の枝々にひっかかった　農場のヘリコプターが空から爆破されたビルの屋上に農薬を散布して去った　出動したレスキュー隊のヘリコプターは空虚な番傘を投下した　投票用紙に変わった粉末状の農薬は風に煽られて昆虫たちの大軍を襲った　恐慌を起こした虫たちが移動しながら地上に降り立ち急いで蜥蜴の群れとなり貴婦人たちの耳たぶにぶら下がった　驚いた女性たちは全員が蜻蛉の羽を鎧って内陸を海へ向かった　その羽音は大挙して押し寄せると波の音となってたちまち凍った

つられて空中に氷結した無数の雑音が正午の太陽に射すくめられて一斉に落ちてきたとき群衆は無防備であった　かれらはあるいは頭に裂傷を負い　あるいは首から胸へかけて血を流した　その傷が軽易であったので油断した男の首に　あっという間もなく氷解した爆発音は落ち　その首を刎ねた

転がり落ちた首が加速度を得て下町へ向かった　避ける間もなく首は群衆の中へと突っ込んだ　群衆は再び変身して群がり飛ぶ蠅となりびっしりとその首にたかった

一方二つ折りの郵便物がひそかに環境省の台所に投げこまれた午後のひととき　現代思想の缶詰に砒素とタンソ菌を詰めて郵便局の現金投入口から投入した男が　やがて自分の肛

門から一通の果たし状とも取れる手紙を受け取った　岩石の組成に軟禁された被拘束者からのこれから救援に赴くという文面を添えた訃報が無意識に投函される四辻の屠殺場ではいま豚たちの生理と屠られる牛の心理について激論を交わしながら　裏側の大陸から報せを待っていたところだ

静かに皮下脂肪を嚙む飢餓通信の駱駝が　虹の橋を渡ると思う間もなく自分の股間をくぐって一挙にオアシスに辿り着いた　志操堅固な臆病者たちがぎっくり腰で教壇を壊し始めると言葉は突如として破戒であった

大学の門を三歩くぐって通り抜けたところに詩人と犬は時代遅れを理由に追放され　二度と黙るまいと決意した肩から本をぶら下げた男の　砂漠の　かつての街とおぼしいあたりをさまよう白昼の影だけがやがて遠ざかる正午　頭からすっぽり毛布をかぶって乞食がひとり蜃気楼の中に消える　やがて隊商の群がやってくる　ひとりづつ背に人間の死骸をのせた駱駝たちの長い列はもはやこれといった思想を持たない　軍人はぼろぼろのズボン上半身はほとんど裸　遠慮会釈もないのはただ宙天の太陽だけだ

ここに三つ目の定理とも公理ともつかぬ主題は展開される　だが本題にはまだ少し先がある　すべての男たちに銃剣の先に大脳の薄切れを突き刺して食べた記憶ばかりが先立ち　弱った勃起力を奮い立たそうにも立たぬ夕暮れのバイアグラの抽象度が　地平線に突き刺さる角度はなにかと問う公案がまだ解き明かされぬからだ　明日の朝六時きっかりに柳の木の下の瘤の影が落ちる所にはなにもないだろう　長い長い懸案のロール紙がどこにも頼ることのできない係累で身を固めてはまといついた羽毛を毟るのだ

階段を登りつめる　行きどまりは意識されない　その最後の踊り場で執行される刑についての意識はない
俺はこの凶器の世界から狂気に駆られて遁走する　逃亡を重ねる　だが　俺の狂気は凶器ではない　ひたすら逃亡を企て遁走するのだ

*8*

ジュラ紀から白亜紀へ　白亜紀からジュラ紀へと　循環する狂気の時代　俺ぼく私　俺たちはこの狂気からの逃亡を企てる　悲しいかな　ぼくたちはそこに隠された生と死の確率について論じる方法を知らない　恐るべき第一原因　やたらに名をつけたがる雪国の植物学者から送られてきた隠花植物の死骸は流行性感冒で枯死したものだ　この植物の死骸と海辺に見られる古生代生き残り小動物の遺骸とを粉末にして服用させるや　患者は三百八十五歳を自称して常に免疫性の欠如について心配している

元素記号を転倒させて作り上げた記号の列柱　遙かアフリカの西海岸から望郷の震えに夕焼けを青く彩る一人の絵師が　老女の陰核を魚拓に採り　羊皮紙ににじませるのは合法的でしかも費用のかからぬ技法だと思わせるくだりが　夜の浄瑠璃を色めかせる

さて　今宵の饒舌をなんとしてもやすらかな眠りにつかせるために全く無効な夢の記述を消却しようと君が無意識の領域からやってくるとき　鏡像のように私の影を映している記憶の手鏡はなんと名付けられているのか　夢が記憶であって記憶が夢であるとき　醒めな

がら一瞬の夢を透視するのは鏡だろうか

地図の上を指でなぞる　「私」は街を歩く　「私」は山を歩く　地図の上でなら海を歩く　尾根を下る　市街を横切る

地図の中にいる幼児　辻に立つ音楽師　辻つまを合わせて距離も語呂も合わせ　意味するものを切り捨てて短冊は乱雑に棄て　遺棄した死骸の内臓から束ねた証文を探り当て文学もなく　文字はひたすら蛇行してその千鳥足の印から感覚に至るわずかな時間のずれに手を焼き足を焼いて　軍楽のひびきに合わせて気楽なサイコロ賭博の開帳をはじめる

ルーレットの回転に合わせて作る午後の日程は腕時計がしっかりと北方を指し示すまで未定で　確かなところは立ち番のあの新聞記者に聞かなければわからず　昨日今日明日と確かな心配りは見られぬ地図の中の方位ではある

## 9

**明晰よ　正義よ　正義の戦争はあるのか　白亜紀からジュラ紀へ　ジュラから白亜紀へ**
**循環する凶器の時代　悲しいかなわれ等は狂喜してこの時代を迎えた**

まだしもわずかな変調を来す羅針盤の生理現象をみとがめたひとりの漁労長が　古代マンモスの胃袋に発見した電子式計算尺を分解したところからその劇は始まった　女を鮎にみたててカラスは天を仰ぎ三度慟哭　壁を嘴でつついては鳴き立てる深夜　七つの大罪に見られる仰々しい不釣り合い　雨もしくは血の煮凝りを三度動転して刻むとき山は恥ずかしさで小刻みにすすり泣き　キリギリスはそのため後足を繊毛で編んだ糸でくくられる　遠く弧を描く一里塚の先で歴史もまた夜括られる　路地裏のどぶ板の上でひっそり老いた女は足を括られて息絶える　群衆　そうだ群衆について語ることを忘れてはいけない　どこへもいけない民衆はまた群をなして括られに行く　そのなかで核爆発を頭から浴びた少年よ

コトバが衝いてくるのは　或は不幸が我々を襲うように或は予期しない幸運がめぐってくるようにやって来るので　多分それは全く前兆もなしにということではないが　突然予告もなしに最初の一行が現れるので　私たちは何も知らずに語り始めたりするが　天啓または災厄のようにしかしそれも宿命なのだ　言葉を扱うものの……　それは堰を切った洪水のように或は山津波のように溢れる言葉というものなのだ
完璧な言葉は有り得よう筈もない　〈私〉と言う一個の人間だけが文脈であり　その上に更に大きな〈文脈〉のなかで〈おれ〉または〈ぼく〉または〈私〉という人間は多分ひとつの〈語〉でしかないのである
わずかに薄片としての時間　それは〈私〉でもある　それは多ければ多いほどよく　たった一枚の完璧な写真などを夢見ることはとうに棄てた　幾重にも〈時間〉の薄片をめくるだけだ――すると心持ち首をかしげ左足を曲げて軽く後ろへ引き　左手は帽子にあてて会釈するポーズ　古い教科書の単色刷りのような黒と白の線描のイメージ　と思う間もなく左側にはどうやらベルエポックまがいの女性　肩に水着のような細い紐で一枚のワンピースを吊り　まるで唇だけが紅い　なぜこんなイメージが現れたのだろう……

こうしてあくまでも薄くあまりにも薄い時間の薄片は　ひらひらと厚みもなく舞い上がり　透明になり　皮膜そのものとなって捩れながら空間を舞う　焼きついた「瞬間」のイマージュは変形し　歪み　拡大し　縮小し　互いに入り交じる
言語が言語を導くような幻語であって単なる連想ゲームではない意味取り遊びであること　けれども原語が幻語を導くような諺語の　その名指すところのものを私は知らない
その張りつめた弦語とも呼ぶべきものを　空間の名指しによって譬えて言えば引き攣りを嚙み締める言語のように　大脳の私話から発せられる波形の　書き留められる連珠体言語を超え　いまさら神の詩ということもなく・・・・

*10*

だからマリナー　愛しいひと　正しい戦争はあるのか　ジュラ紀から白亜紀へ　白亜紀からジュラ紀へと　循環して止まないこの凶器の時代　君は豊かだ　豊かさの故に疲弊し殪れた　君は勝利したが故に早世した　そこに入眠時幻覚に似た言葉は羊水のように溢れた
マリナー　君は豊かな肉体　豊満な母性　睡眠が涙腺に出番を待つ真昼　とある手拍子足

拍子の踊りが踊るマドンナを捉える午後のひととき君は倒れた
そのとき森の櫂のひと掻きひと掻きは舟を暴風の彼方へと遁走せしめる　せしめた秘密の
黄金を運ぶべく　飢えた狼にも似て　きしむ竜骨は悲鳴をあげ　森は帆布もちぎれちぎれ
に闇のなかを疾走するのだ

**男たちよ　正義の戦争はあるのか　女たちよ　そのとき　俺は殺人強姦機械の群から一目**
**散に遁走する戦争忌避者　すべての暴力機械を忌避して脱走する強姦機械忌避者　逃走し**
**立止まる　立止まり　また問いかける　問いかけるため　また立止まる　思考は熱く体の**
**なかを駆けめぐる**

ケレドモ　アルトキソノ空ノぶつかり愛ヲ繙ク群衆ノアデヤカサニ人ハ驚キノ声ヲ上ゲ
ワズカナソノずれに歓ビトモツカヌ色ヲ顔ニ山車　群衆ノ換気ト喚呼ノ肥エニツマズク
クスンダ鉛ト銀色ノ神ノ怪我　老イタル髪ノ　小サナソノ彩リカラ程遠ク　マシテユル
ヤカナ看病モナシニ踊ル　シカモ緑色ノ乳首ハソノ園庭カラ向上心ヲモタゲ　減量ニ挑
ム女房ノ尻ニ赤イ黴ガ華美ニ映エルトキ

ビロウジュの葉に付着した虹鱒の卵　夕暮れは蓮の葉に合図ともつかぬ眼差しをなすりつける　そのひと葉ひと葉から立ちのぼる眥（まなじり）の香気　うずくまる尊厳　むしろ規律によって培われる群盲　ぎしぎしの葉にひとつひとつ付着した昨日の嘘　虚言はそれとなく気化して巻雲を形成　わだかまりは棄てた女たちのこれといって埒もない毎日の口実
一語一語を鎖でくくって虚言妄語を人質にとられる男たちの‥‥

正義の戦争はあるのか　指紋と掌紋と　そのぶつかり愛にみる近似的な人間値がいまもそこで果たし愛を続けていて　多分永久に続くだろう　限りある無限が夢幻と幽玄との間に拍車をかける　いっこうに知恵の湧かぬ有給休暇の午後の散策　悠久の無限と有限　知と無知は鞭と血のように性的に馴れあいひとつの中傷を果たす　凄まじい楽音を天上に氷結させるピアニストには今朝は別れの判断力を与えて　明日からはあの小さな優等生または総理大臣に引導を渡そう

そのとき　俺は殺人強姦機械の群から一目散に脱走する戦争忌避者　すべての暴力機械か

ら遁走する強姦機械忌避者　逃走し　立止まる　立止まり　また考える　考えるため　立止まる　立止まりつつ思考は熱く体のなかを駆けめぐる

＊

俺ウスタゴ・ウスタコーク　生まれは濠端番外地　無国籍にして多国籍者　変身する両性具有の両生類　やがてくる疾走の終りの日まで　次の走者へ向っての当てのない疾走を続けるとき　俺の出生に日付はない　その日その日が誕生日だ

# Ⅲ　葬送曲

八月　死者たちが海の底から還ってくる
あの日炎に追われて流れていった死者たちが
もういちど八月を生きるために

八月　死者たちは急いで私たちの生を追いかけてくる
だが　あの日　八月六日　時間は一瞬に灼き尽くされ
八月の死者はもう　苦しむ時間すら持たない
しかし言葉を絶った死者の言葉を　私たちは理解しない

八月　蟬は鳴きつづけ
生き残ったものたちは死者たちを祭壇に祭り上げる
そして世界は新しい死者たちを大量に作り出している

八月　死者たちの街頭は異邦人に溢れている
八月　死者たちの国は新しい戦争に加担している
八月　死者たちは海の底へ還ってゆく
八月　死者たちはもういちど死ぬ

方見生太郎「八月　死者の月」より

## 1

その手は闇の中から現れる

その手は闇の中から現れ　わずかにその白い指先に光りを点じ　そこに白紙はひろげられる　手とその指にはさまれたペンとの影が紙のうえに踊る　なめらかなその滑りはペアを組んで　大きく弧を描くと見ればたちまち回転し　跳躍し　空中に支え　支えられ　着地して　あたかも氷上に踊る踊り子のように影とともに舞うペンは　いつかその手を導いていく　踊るダブルス

だがひとたび記された銀盤上の軌跡が　更に大きく伸びやかな線を描くのにどのような手があるのかどうか誰も知らない

そこに描かれた軌跡の残像が緩やかに消えてゆくとき　その航跡を覆う波のような映像がしだいに沖の方からかぶさってくる　あたかも死者たちのつぶやきのように　そのとき波の音は揺り返す言葉だ

「君はヴェスヴィオを見たか」そのとき海は言葉を発し　繰り返す
君はヴェスヴィオを見る　君はそこに虚人たちを見る

君はそこに虚人を見た
人間という　灰の中の空虚　水中を漂う泡

君は目覚め　みるとベッドは砂浜に取り残され　月の光のもと津波の後の一望の廃墟が海まで続いている　君は立ち上がる夢遊のひと　水際へと歩きだす　すると遠く静かに揺れている海草の林　立ち泳ぎの姿勢で揺れているもの　巨岩にも似た岩礁が見える君自身が静かに揺れ　君は水底を歩き始める　君は海草となり　立ち泳ぎの姿勢で歩き始めている　近づくと揺れているのは皆立ち泳ぎの姿勢で漂泊する水死者の群れ　目も鼻もなくただ漂白(さら)された肌の水に漂う虚ろな影
そこでは人間は気泡だ　水の中の空虚

君はヴェスヴィオを見る　君はそこに虚人たちを見る
君はヴェスヴィオを見る　君はそこに虚人を見る
今君は液状の空間にいる　ただの水でもない　空気でもない　この粘液質でしかも少しの抵抗もないこの液状の流体空間は　君を取り囲んでいるが　見れば君の目の前を映像のようにゆっくりと裸の人間たちが立ち泳ぎの姿勢で歩いてゆくのだ

目も鼻もなくうつろな
虚空間の生き物の群れ
そしてすべての人間が中空の泡なのであった
鋳型のような　気泡のような空洞

爆心地の方から
グラウンド　ゼロの方から

戦いと飢餓から
皆殺しの砦から
追放された愛から
生命を追放された
脱力の
肢体の漂流

君はヴェスヴィオを見る　君はそこに虚人を見る

戦いのすべての痕跡を包みこんで　果てしなく凪いでいる海
だがその底に君の目の前を通る果てしない行列　貧しいイメージの群れ　静かな　だが
かすかに気泡の音がするこの葬列　その泡立ちの音が少しずつ高まるとそれらは言葉で
あった

君はヴェスヴィオを見る　君はそこに虚人たちを見る

言葉を産みつけるために言葉の一歩を印字する
すると空の映写幕に映る　貧しいイメージの群れ
ぼろ切れをまとった裸足の群れがそれに続く
その後をすがりつくように追う駝鳥たち
それぞれ赤い花一輪を手に葬列が続く
誰を弔うのでもない無言の列
言葉を発するものだけが酷しい視線に合う
葬列は墓場に消える
ただ遠いヴェスヴィオの日から昼となく夜となく音もなく降る灰

億万年を続く火山の中から生まれてくる虚人伝説　巨大な水族館の濃密なネガフィルムの
空間を泡のように透明な虚像空間が揺れている

人型の泡が　黒い太陽のもとゆっくりと蠢めく　立ち泳ぎの形で揺れる

目も鼻もなくうつろな
虚空間の　負の生き物の群れ
鋳型のような　気泡のような　空洞
遠い火山の噴火口から　伝説の爆心地から
枝わかれした海草の林の中を
何万年をかけて歩いてくる列
すべての人間は中空であり
青い光りの中を動いている　デス・ボディ

*2*

君はヴェスヴィオを見ている　君はそこに虚人たちを見ている
ジョージ・シーガルの群像のように
彼もまた虚人たちを見た　ジョージ・シーガルは生身の人間から型を取り
人体の鋳型を作る　石膏を浸したガーゼを妊婦の胸に当て　それを固める

シーガルの手はゆっくりと人間の肌から型を取り　その型は　あたかも皮膚のように　体
表から剝される　それは長い時間をかけて露光した立体の彫塑のネガ　白いガーゼに覆わ
れた中空の虚体　石化した泡沫　『　』虚ろな括弧　Death Body
硬化したデス・ボディという名のボディ

*3*

とかげたちの午後は
夏の日差しが波を透してぎらぎらと輝く
水中に日の光が揺れて立ち泳ぎの泡沫が海月のように漂う
人間は　水中に漂う泡
浮かぶともなく　沈むともなく
この袋である肉体は　濆（けが）されたたましいのように浮遊している
漂いながらさまよっている
つぶやいている　泡沫のつぶやき

はじけていく泡のつぶやき
囁きのようにはじけていく泡
そのとき人間は声だ
人間は消え去らない声　消えながら再び生まれ出る声

*4*

確かに僕たちは見ることができる　今に至ってあのヴェスヴィオの死者たちにすら見ることができる　考古学者たちが火山によって壊滅したポンペイの町を発掘したとき　灰の中にあるいくつもの空洞を鋳型に石膏を流し込むと　なんとそれらは燃えつきた市民たちの鋳型だったのだ　この「死民」この人間のひとつひとつが　空洞が灰の中に数千年を保持してきた虚の空間によって開示されるとき　いくつかの長い歴史を超えてそこに現前している　市民の遺骸が倒れているのを目にするとき　君はそこに何を見るのか

## 5

夢の中の死者
それはあなたであり　あなたでなく
私の会いたかった死者　異郷からの　次元を超えた邦からの使者
懐かしく語りかけるが　なぜかかみ合わない言葉と沈黙
我が声は死者の体をすり抜けて　遠く吸い込まれるように消える
跡もなくいく塊もの石膏像が揺れ　動き始める

## 6

〈そして私は名付けることもなく　あなたを見ていた　あなたはそこにいて黙ってこちらを見ていた　なにか一言二言を言ったと思って私はそこへ行き　語りかけた　だってあんなにも聞きたいこと　尋ねておきたいことがあったのに　あなたは無言のままに逝ってしまったではないか　けれどもあなたは私にではなく　視線を私の背後に漂わせていた　懐

かしさが私の心に湧き上がり　あれいらいあなたに尋ねたかったことの数々が口をついて
出てくるのを感じた　しかしあなたは黙って私の方へ向かって来　私はあなたに向かって
いくと　互いに互いの胸をすり抜けてしまった〉
あなたがいるのかな　私たちがその声のほうを向くと　そこに運動会に参加している　見
知らぬ無言の家族たちが一斉にこちらを見ているだけだった

7

そして訝もなくいくつもの石像が揺れ　動き始めた
体中に包帯を巻いた死民たちが　ゆっくりと歩き始めた
体をガーゼで覆った人間たちが歩き始めた
ここ無音の海に漂う聾唖者の　静かに揺れる手話の漂い
だが水中に乱れ飛びかう無数の波長は

消えることない死者たちの無言の声

*8*

北の森はまだ暗く恐怖の名残を留めていた　果たして何人の死者たちを数えることができよう　誰もが口にしたくない言葉は無数の鳥たちの死体とともに北の森に埋葬してある証拠は隠滅されたまま今では誰も口にしない　そのうえをなお雪の舞うように死骸は空から降下し続け　樹々は黒く立ち枯れる
次第に水かさを増す雪解けの水に　あたりの黒い森は沈む　その上をなお死語は絶えることなく降りてくる

*9*

氷人——空洞に満ちた水から氷人もまた発掘される　今氷人がつぎつぎと地底から現れては地上に立ち上がる　だがこの陽光に光り輝き　林立するこの人型の樹氷は青空のもとソ

ラリゼーションを起こして　ケロイド状に崩れ落ちる

陽炎の午後　君は丘の上に立つ　眼を虚ろに細め陽炎の影を見る　すると炎天下のコンクリートジャングルから動くものは薄れ　街は無人の海となる　人間たちは蒸発し　陽炎となる　長時間露光を与えられた乾板のように　逆さまの像を映す沖の蜃気楼　こうして君はすべての動くものの消えた廃墟を見る

氷人たちは水中にうごめく　わずかにその輪郭の一部に光を反射し　氷人たちは水中に透明となる　その空白の内壁　子宮と膣と　それをへだてるコンドームと　漂う昏い浮き袋君はこの広い死後の海を当てもなく漂う　君はくらげのように波に身を任せ　半ば透明に水に浸り　遊ぶ　そして波の漂いの中に消える　泡

*10*

空はふたたび焼け爛れ　流れる雲の川の中を羊のような死体の群れが流れて来る　いわし

雲の一つ一つが死体となり　日没と共に暗い大陸の方から難民の褐色の死体が川を覆って
流れてくると　遠く近く　再び大殺戮が始まっていた

焼け爛れた空は　垂れ下がる皮膚を苦痛に引き毟り　幾夜をすごしてケロイドになった
それ以来　日毎一枚一枚の頁をめくるように皮を剝ぐ空　かつて夏雲と呼んだ雲に似た
あとからあとから湧き上がる　人殺しの雲

*

君はそこに再びヴェスヴィオを見る
君はそこに新たなヴェスヴィオを見る

# Ⅳ　間奏曲

――堰き止められた時間

## *1*

俺の半世紀に亘る遍歴のはてに　たどりついたこの村もまた荒廃していた　だがここまで来る長い道のりの間にも俺は何も気がつかなかったのだ　何一つ変わりはしなかったことに　何一つ失いも得られもしなかったことに　いまだ俺たちの半世紀前の戦争を思い出させるこの戦禍の土地はただ瓦礫だけが拡がり　俺は灰の中にひときわ大きな頭蓋骨が落ちているのを見つけただけだ

俺はそいつに話しかけた……　おまえはなぜそんな所にいるんだ　建物という建物は崩れて瓦礫と化し　すべての生き物が骨と化してしまったここでは　おまえに語りかけるものもなく　ただ訪ねるものといえば陽炎のように不確かな亡者ばかりで　おまえは唯途方に暮れているばかりじゃあないのか　時々吹いてくる風に巻き上げられる砂塵の中で　おまえは何も答えはしないじゃないか……　だが俺の言葉が終わるか終らないかのうちに　俺は一陣の風とともにその髑髏の中に吸いこまれた

気が付いたとき俺はそのあたり奇跡のように崩れ残った礼拝堂の中にいた　俺が意識を取り戻したのは　この小さな壺のような　神の頭蓋骨の中だったのだ　俺はこの瓦礫の海の孤島に打ち上げられた漂流者のように息を吹き返したのだ　だがその屋根の下にも瓦礫以外何もなかった　多分兵士たちが聖域を盾に立て籠り争奪を繰り返したのか　幾つもの戦いを経て踏ん張っている孤独な建物の外壁は　砲弾による損傷に耐えて自らを辛うじて支え　その内壁は焼け落ちていた　床もまた一段高い祭壇のようなものが残るほかは　砂漠のように散らばっている瓦礫以外何もなかった
その祭壇の片隅に真新しいグランドピアノが据えられ　崩れた窓から差し込んでくる残照の中で輝いているのに気がついたのは　目が暗闇に慣れてきたからか　宵闇はこの建物のなかに広がっていたが　ただガラスのような夕日のかけらがひとつ　今にも消えそうに鍵盤の上に転がっていた　だがそれも闇の中で輝きを増し　そこに黒い服をまとった女がたったひとり　手に何本かの工具を持って立っているのに気づいた　彼女の白い手だけがあの夕べの放射性物質から発する残照に曝されていて　俺はようやく彼女の存在に気づいたというわけだった

女はその白い指先でやさしく鍵盤を叩いていた　それは何かのドラマの序章のように響いた　確かに少なくとも　それは俺のあの昔聞いた音楽に似ていた　女は時々細い華奢なハンマーで弦を叩いたりした　それは何かを慎重に点検しているようでもあった　そのかすかな響きにも聞き耳を立て　微妙な音色を楽しんでいるようでもあった

〈するとその時俺には見えてくるのだった　そこには顔のない透明な亡者たちが　幻の椅子に腰かけ　陽炎のように顫えながらこの音楽を聴いているのを〉

だがこの楽器は突然雷鳴に似た音楽を奏して荒れ狂い　突然一台の豪華な大統領専用車になっていた　ボンネットの蓋は跳ね上がり　そのエンジンの巨大な鉄塊はもはやどうにもならない連続する爆発音となって　砂漠の星の凍てついた円天井に反響し絶命した・・・

安息に似た静寂が次第にあたりを包み始めると　女はボンネットの中に身を乗り出してエンジンの点検を始めた　各部を慎重に打診し　検死を続ける監察医のようにおもむろにこのキャデラックの解体を始める　エンジンからひとつづつ部品を外すと部品は取り出すた

びに微妙な音色を発した　それはあたかも高価な美術品であった　この二十世紀の豪華な
遺産　黒い遺体

だが次の瞬間　女は解剖を終えてひとつひとつの臓器を復元する外科医だった　女が触れ
るとその臓器の一つ一つが金色の微光を発した　今は最後の夕日の化石が彼女の手元を金
色に彩っていた　そしてすべてが元に戻ったとき　消えて行く光の中で　再び瓦礫の中に
豪華なピアノだけがそこにあった

## *2*

崩れ落ちた瓦礫の間で死んだ俺の記憶
確かに瓦礫の中に埋もれて死んだことの記憶が俺につきまとう
だが再び生まれた所は　馬小屋でも王城でもなく
この吹き曝しのドームの中だ
夥しい頭蓋骨が丸のまま散らばり厚い埃にうずまっているが

埃もまた砂浜のように細かい骨片で構成されている
神は死んだと高らかに宣言したものの声が
今でも余韻となって遠く俺の頭蓋の円天井に渦巻いているが
確かに新しい〈怪物〉の誕生を告げた十九世紀のあの声とともに
それも今は古い世紀の残響にすぎなくなった

というのも　今では醜い女王蜂に変身した造物主が　休みなく肥大を続けているからだ
放射能を食らって突然変異したという現代神話のゴジラよりも強力に
神も怪獣も嚙み砕いた異常な食欲でこの世のものを食い散らかして
夥しい被造物を排泄し続けているからだ
(俺の大事な友人をカンガルーのように一撃で跳ねとばしたのもそいつの手下だ)

手下どものいたるところの脱糞　黴と小便の匂い
東の海からやって来た白い神々後に続く黄色い神々の　野営地
うねりを上げて襲いかかるスズメバチの大群

あるものはそこで力尽きあるものは金銀を劫掠してそこを去った
一面虐殺と掠奪の痕
黄昏の残照に見れば戸口の外は砂浜らしきものが拡がり
この骨の砂漠の果ては地平線の上に時々波頭が立って海だとわかる
だがそこに連なる遠い旧大陸の蜃気楼には
まだ血に飢えた亡者たちが新たな怪獣を待ちわびて揺れ動いている長城が見える

遠くで渦巻いている海鳴りに混じって母さんを呼ぶ声
幻聴だろうか　耳の奥の地面の下から絶え絶えなかすれた嗚咽
〈おかあさん革命は遠く去りました　革命は遠い砂漠の国だけです〉[*1]
だが砂漠の国に始めから革命はなく　恐怖と殺戮だけが続いていた
頭上には擬似的な空
破れた穴から星が覗く
天球儀をかたどったこの高い天井も雨風を凌ぐに用を足さない

びっしりと敷きつめたような頭蓋骨の拡がり
その上を踏み固めた幾筋もの亡者たちの踏み跡
いくつもの道筋
喪われた無数の時間
この中に虐殺に手を貸したものはいないか
失われたお前の　俺の時間
〈お前も虐殺に手を貸していたのではなかったか〉
ここではどのような〈物語〉も無効だ
道は半球を一巡して北の針葉樹林に至り
いくつにも分岐して南の熱帯雨林を搦(から)める
あたかも心臓をめぐる血管の網のようにそれらは地上を搦め尽くしている

はるかな稜線の彼方へ向けて
果てしない孤独な歩行が予測される
徒らに尋ね歩かなければならないとすれば

もう巡礼は終りだ
物語はもういらない

＊1　黒田喜夫「毒虫飼育」より

# V 未完成遁走曲

誰でもない人への手紙　または〈私〉という文脈――風雅に　軽やかに

おまえは書き急いでいる
まるでこの生で遅れをとっているかのように
それならば、おまえの源について行け
ルネ・シャール「ムーラン・プルミエ」（吉本素子訳）

常におまえであることの呪縛から脱れ出ようと
過ぎてゆく風の遁走曲（フーガ）よ
誰も捉えることのできない動きのなかにおまえはいるから
立止まるときおまえは死ぬ

それならば　さあ　行くがよい
絶え間なくおまえ自身に目醒めていよ
この色あせた荒涼に立ち
夜半（よは）の大地を行くがよい
しらじらと山々は遠く鎮もり
家々は　眠りの外におまえを追うのだ

方見生太郎「踊る女に」より

……神もなく　韻律もなく
そのとき老いたる少年が歌う
死後へ　私語の　或いは詩語の世界へ

いや　誰でもないあなたにむかって……

＊

或る日　黒い森で
私はジョージ・シーガルに出逢った
シーガルは
男たち女たちを造形していた
ゲイたちを等身大に造形し
臨月の女たちの原寸の腹を複写した
佇む男たちの白い立像は
肩を寄せる男たちの優しさの化石だった

そのとき妊婦の腹は何ものも産出せず
ゲイたちは優情でたがいに寄り添っているだけだった
なにも語らない石膏
沈黙で固められた像の林立
黒い森の　白樺のように動かない像の間を縫って
歩くのは私
「私」という〈文脈〉
私はシーガルに一歩近づいたと思っていた……

だが　いつか
そこでは私語さえも氷結しているのに気付く
それらの像の間に救いを求めて手をさしのべる
ヴェスヴィオスの男女の
空洞の像が
また赤児を抱きしめたまま朽木（くちき）となった焼死体が

固くなって倒れていた
足の踏むところそれぞれに
倒れた屍体の根が横たわり
或いは立ち枯れて
いつか黒い森の中を彷徨(さまよ)う石膏の人になった私

外では
風のない嵐が吹き荒れ
明るい夜が横殴りの雪を降らせているのに
液晶画面に映る新しい古い映画やドラマの
宇宙空間から送り返されてくる画像を見ながら
私たちは何とのんびりやり過ごしてきたことか

外では巨視的にことが運んでいくのに
私たちは

微視的に生き
このようなとき
「孤児」や「難民」などという言葉は
みんな私語になってしまった
「愛」も「正義」も「生」も「詩」も
すべては私語か死語になってしまい
通じ合う言葉がないから
死後の世界でさえも
難民たちは孤児として浮遊している

〈私〉という難民
〈私〉という孤児
いや　そこでは
私語すらなく
ただ波動だけが不可視の光を発し

無数の光子がぶつかり合うように
ただ抽象の記号だけが乱舞しているのだ

*

かつては私だって少年だったと
今はかつて少年だったことのある
老いたる「少年」を夢みている
すると奇蹟のように
例えば
四谷大木戸から多磨の車返まで五里の道を[*1]
ひとりの朝鮮人青年が曳くリアカーを押していった
記憶を克明に辿っていった綴り方の記憶が
私を再び少年時代に押しもどす

無数の記憶がひしめいている

この表象の都市に棲んで
非在から不在へ　不在から未在へ
死を超えて無へと至る
この道をまた遡り
再生する「少年」への夢は不可能だろうか

＊

すべては「在った」ものとして
写真が展開する
記憶のソラリゼーション
記憶という私の分厚い写真帖から
（無数の）亡霊たちが立ち上がってくる
そのとき死者たちの側から見た
私とは一体何なんだろう
私はどのように見えるのだろう

アルバムを開くと
死者たちの視線が
いっせいに私を射すくめる
私の部屋はとたんに無人の広場になり
そこには独りの〈私〉がいるだけだ
窓々の四角い（時には丸い）
枠の中からいっせいに
死者たちの視線が〈私〉に注がれる

死者たちの死がそこで終ってしまった死だとしたら
生きている私の
時々刻々の〈死〉を生きている
私の死とは一体何なんだろう

それらの視線の中から
私の過去の堆積が私に押し寄せ
広場の中心に押しつぶされて
〈私〉は一個の虚数になる

それでもなお
私は書く
〈虚〉をもって〈虚〉を満たすため

＊

雪は天使の遺骸
汚染された大気のなかを黒い雨にまじって霙になり
陵辱された天使は
その降下の速度を速め
鉛になって降り積もった

天使は存在するのだろうか
雪は天使の羽毛のように
（私にはそのように見えた）
軽やかな舞を舞って降りてくるのに
陵辱されて鉛の言葉になった
としか思えなかった

＊

一杯の珈琲を手に　香りを愉しむ
と　いたずらに　目の前を
時間が流れていく
時間だけが流れていくとき
冷めてゆく珈琲茶碗を手に
私はこの花瓶に挿された

一茎の花を窓辺に見ている
それは切り取られたいのちの
冷めていく〈時間〉かもしれない

だが流れていく時間が
この懐かしい花を運び去っていくのに気付く
私がこの花を動かないものとして見ていたとき
私も花もともに流されていたのだろうか
それとも　それは錯覚だったのだろうか

一輪の花に固着した
私の正午の瞳の前を
私の時間は停止したまま
いたずらに時は流れる
一匹の犬が私の視線をよぎって

私の〈時間〉が流れはじめる

*

私が書こうとしているのは譫妄の書であるのだろうか
私は現前していると私が書くとき私は常に現在である
この書くことの二重の意味
常に言語内現存在として現前する私が書いている時間と
〈私〉という時間内存在との二重性
このふたつの時間を生きること
そこに起承転結もなく転々する現在という時間があるだけだ

虚無への捧げ物としての
〈私〉という文脈

*

きらめく夜々の
空間を飛び交う不可視の記号
私の体は記号の発する燐光で
七色の虚に彩られる

言葉という
七彩の虚
無数の影が私をとりまき
無数の時間が　私を引き裂き
ゆらめき　交錯し
私の肌をアンフォルメルに
染め上げていく

そのとき君のなかからすべての生命を消すことができる
街角に立ち停まって静かに目を細めるのだ

すると君の眼は針穴になって
君のなかの灰色の乾板に
街は逆さまに長時間露光するだろう

すべては陽炎
かげろうの影
君は立止まる
放心して眼は空ろに細め
意識のフィルムに
長時間露光をあたえる
すると炎天のコンクリートジャングルから
アスファルトの鋪道から

動くものは輪郭を失って薄れ
街はしだいに無人になる

人間たち　すべての動くものたちは蒸発し
かげろうとなる
動かないものだけが
あたかも〈不死〉の言葉を装うもののように
石の肌をして遺される
それは寺院
聖堂　モスクとして
焦土の上に屹立している

＊

熱線が街を融かす
単色のソラリゼーション
月の明るい晩には
唖者の言葉
聾唖者の視覚言語に混じって

虚空から舞い降りてくる言葉　死者たちの
言葉のない言葉

ミ・・・ミズヲ　水ヲ　クダサイ
セメテ　コノ子ニ　水ヲクダサイ
ワタシヲフルサトニカエシテ
ニホンジンイヤ　オカネイラナイ
ドウカコノ子ヲタスケテクダサイ
ドウカ私タチノコノオ人形ヲカッテクダサイ

だがまたこんな声が聞こえる

（ドウカ　ジブンノ死ヲ飾リ立テナイデクレ　ジブンタチ　ジブンハ　英霊デモナクひ
ーろーデモナイ
カツテ大日本帝国ノ軍人ダッタジブン　皇国ノ美シイ物語ニ万歳ヲ叫ビナガラ死ンダ陸
軍歩兵軍曹ダッタジブン　ジブンハ　ワタシハ殺シタ　幼女ヲ刺シタ　農民タチノ首ヲ
刎ネ　孕ンダ女ノ腹ヲ割イタ

ダガワタシハソノ女ノ腹カラ生マレタ　成人シテぱるちざんニナッタ　待チブセ攻撃デ
どいつ兵ヲ殺シタ

原爆ヲ広島ニ落シタ　革命デ三百人ノ農民ヲ生キ埋メニシタ　数エ切レナイ人タチヲ粛
正シタ　くるど人ヲ撃ッタ　きりんぐふぃーるどノ処刑ニ立会イ　ゆだや人タチヲがす
室ニ送ッタ　うーんでっどにーデ虐殺ニ狂イ　捕虜ノ生体解剖ヲシタ　ワタシハマタソ
ノ捕虜ノ一人ダッタ　てるあびーぶデ自爆シタ少女ダッタ
かちんノ森ニ埋メラレタ将校ダッタ　ぱれすちなノ子ヲ狙撃シタ兵士ダッタ　東京デ

どれすでんデ　焼き殺サレタ市民ダッタ
誰モワタシノ飢エヲ充タシテハクレナカッタ　ソシテ殺シタ　ソシテ私自身ヲ殺シテキタ　ソシテ死ンダ　スベテ美シイ〈物語〉ノタメニ……
ドウカ　ワタシタチノ死ヲ飾ラナイデクレ

せめて旗で棺を覆うように美しい言葉の織物で死者たちを飾るな
すべて死者たちは
己の死について語ることはできない
（体験した死について語れるものは誰もいない）

私たちは
このとき深い沈黙をもってしか
応えられない

*

言ってほしい
正しい戦争はあるのだろうか

生き残ったもの達の思い上がり
勝者は　なにひとつ誤ることのない者のように
無謬の信念でいう
――私たちは正しかった　あの殺戮は
それを上回る大殺戮を食い止めるために必要だった
敗者は言う
――私たちは決して誤ってはいなかった
あれは戦争という現象の起こりうる範囲内での
狂気として許容されるものだった
（そして共に言う

――われらの大義の前に
感傷に浸っている時間はない）

だが今また見事に合理的に科学された殺人機械が
世界中を大またに闊歩している
殺人の合理化
方法的制覇
方法的「言語」の勝利
妬み深き神は復讐を好む
まつろわぬ異教徒を殲滅するに手段は選ばぬ
塀に囲み劫掠するすべはナチに学んだ

言ってほしい　死者よ
私たちは「感傷」に浸っているのでしょうか
愛もまた感傷にすぎないのでしょうか

（そして私もまたひとりの加担者として
あなたがたの虐殺に手を貸していたのでしょうか）

世界は再び恐竜の世紀
ジュラ紀から白亜紀へ
白亜紀からジュラ紀へ
無限循環を繰り返す
暴力機械の世紀
暴力性器の世紀
闊歩する男性機械の
強欲のみが暴れまわり
大地の子らを殺戮し
大地の母を強姦する
陵辱される悲母聖母たち

*

黎明とともに
山々の稜線の上になんという静寂
屋根屋根の上の沈黙の輝き
この無言の光の饒舌

決して喪われたのではない言語の
白昼の饒舌
ことばたち先を争い犇きあって降る
この炎天の都会の砂漠に
反射し　衝突し　饒舌は
一塊の沈黙の落下となって
聴こえてくる

この表象の都市のなかで
書かれたものの　表象の不潔を裏切って
わたしは限りなく逃亡をつづける
この錯綜する都市の迷路を・・・

コトバに裏切られつづけて
この逃亡の生活は
すべての母音の始まりからふたたびはじまる
限りなく影から遁れるために走る
韻律の不潔を脱ぎ捨てながら
限り無く裏切りであり続ける
コトバからのがれるために
コトバへの裏切りを重ねる

*

不在の席をめぐって
〈唯一者〉たちが争う
空席の周囲を飛びかう
虚妄の言語

限り無くドグマでありつづける〈唯一者〉から
限り無く自由でありつづけようとする〈超越性〉と
限り無く権力でありつづけようとする〈コトバ〉から
限り無く自由でありつづけようとする〈詩〉
コトバへの裏切り
これらの交わる遠地点に
沈黙の響きとなって
虚に舞う言葉たち
コトバによる言葉への裏切り

眼を瞑じて闇を作る
すると
空(くう)に舞う
眼球の裡に拡がる
無限の宙(そら)
永遠の〈現在〉としての〈私〉

だが　わたしは飛び立つことをせず
こちら側に踏みとどまって
霧がはれ　朝日の下に
緑の島があらわれるのを待つ

*

わたしは時に緑の島の爬虫類だ
翼をもたず　地を這うもの

つねに柔らかく
時に緑の体に変身し　樹々の枝に
脱ぎ捨てた殻をからませ
すばやく虚妄の幻語を脱皮する
そして日の光にも　月の光にも
踊る女の　地表を滑る影を生きる
だがまた
私の伸縮する影はときに四肢を持つ爬虫類として
根茎のように地面を把握し
また四肢は蔦となって　絶壁を伝い這いあがる

だがまた私は羽ばたきを持たぬ凧
ただ　天上の大風に乗って　高みへと向かう
風に乗り　風に逆らい

時に下界を睥睨し
弧寂の真空圏をめざして
風を求める
しかしひとたび私を繋留する糸が切れれば
失墜して落ちる
この中空の成層圏に私は常に緊張して生きる
沈黙と言葉と
風と　確かな地上への繋縛こそ私の生きる道なのだ

*

海岸通の誰もいないバス停
焼けた樹木の下に　誰もいないバス
どこへ行くともなく
運転手のいないバスのステップを踏む
と　とたんにバスは消える

わたしは凍りついた海のまえに立つ

窓のない閉鎖された家が空中に浮きあがったとき
またしても海は沖まで干上がっていた
焼けた鉄の門扉がひとつ
干拓の干潟に遠い残照を拝んでとり残されていた
何時もわたしたちは敗者だった
だが
門を押してとおると
そこに不在の席をめぐる　唯一者たちの死闘があった
ハジメニコトバアリキと
空席の周囲を飛びかう
虚妄の幻語
たたかいに盲いたものだけが見る
たたかいに聾者となったものだけが聴く

空ろな言葉
わたしたちはもう　そんな言葉には惑わなかった
夥しい死者たちが絶え間なく生産された
死者たちのことばだけが信じられた
たえまなく生まれてくる
崩壊を内包した身体

すべての思考は停止していた　判断は
臨床学的に停止された
ただ　無言の死闘だけが反復された
マダ死ニ足リナイトイウノカ・・・
わたしは芸術を　遊芸の術を放棄した

＊

ウソラシイウソガスキ

ホントウラシイ嘘ヨリモ
ウソラシイウソガスキ
ホントウラシイホントウモアルガ
嘘ノヨウナホントウノホウガモット好キデス

＊

高高度の空に広げられた一枚のレース編みのように
銀色の大編隊がコンベアーベルトとなって頭上を通りすぎて行った
激しい空中の戦闘が終わって
鉛色の雲が幕を引き
山中にひそんだ私たちにも静寂がもどった一瞬のときを
突如鉛色の幕をやぶって
高速度撮影のように　ゆっくり
爆撃機の巨大な翼がいちまいゆっくり
ゆっくり　揺りかごのゴンドラとなって

夢遊のリズムで舞い降りてきた
——空中分解を起こしたのだ
〈わたしの中でいつも現れる戦いの夢魔〉
ことばを失った私たちの驚愕の上に
空の明るさが一瞬ひろがり
私たちをやさしく包んだ
戦いのさなか
一瞬　停止した時間
私のなかに戻ってきた安堵のひととき
聖地が炎え　巨大な都市の数々が燃え上がるのが
音もなく遠望された

そして〈浄土〉が現出した・・・・

＊

可変焦点レンズを望遠にして風景を引き寄せる
沖の白波が大きく盛り上がり一気にわたしに襲いかかってくる
とっさに身を翻し夢中で逃げる
わたしに覆いかぶさるように大波は噴き上げる火砕流となり追いかけてくる
間一髪ズームを超広角にひく
すると波は遠く小さく沖へと引き返し　海はそのまま灰色に凍りついた
死んだ海　瓦礫となって動かない波
海は灰色の廃墟となって死んだ…

夜明けと共に丘の上から見はるかす焦土の街は
一望の曇りのもとに廃墟の海となって凪いだ
あの日　対空砲火を擬して少年はレンズを空に向けたのだった
笛の音に似た怪音と悲鳴を上げて空中に散布される火の粉

炬火(きょか)を振り回して侵入する夜鳥たち
市街のすべてに火の手が上がり炎が狂う
しかもなお飽きることなく　途切れることなく
大胆に　低空で飛来する怪鳥の群れ・・・・
頭上を鏡となって通過する重爆撃機の翼が　一枚一枚
水面(みなも)に揺れる月の光のように　揺らめく地上の炎を映していた
学校が焼ける　庁舎が燃える
ああ　梁が落ちる　あそこ裁判所が美しく焼け落ちる・・・・
・・・・・・・・・・
だが　一夜明けると地獄のすべてを消し去って
見はるかす一望の焦土の街は　〈浄土〉のように
少年の眼に屍体とともに「永遠」の無言の海となって凪いだ

*

清潔な一枚の地図の上に

無数の爆弾が投下される
無人の標的を正確に撃つ
砲手の眼には
液晶画面のうえの目標だけが存在する
ただ〈オブジェ〉だけが見える
地表は一枚の地図にすぎない

彼らの地図は清潔だから
爆撃手の眼にも　砲手の目にも
一切の生命は存在しない
拡大すると散乱する細菌のような
地上の生命
だが作戦は遂行される
うごめいているのは〈細菌〉にすぎない

＊

積み重なった死体を踏んで
逃げ惑った死者たち
大潮に乗って水嵩をます河口を遡り
川流れの裸形の死者たちが
ちぎれた四肢とともに
無言のままに押し寄せてくる
（あれはあのとき川面を埋めて海へ下った
被爆者達の群だろうか
また熱風に耐え切れないで水中に身を投げた
大空襲の犠牲者だろうか
身ぐるみ剝ぎとられて　押し込められたまま
ガス室で折り重なって息絶えた死者たちだろうか
細菌爆弾やロケット弾の劣化ウランで

無差別に屠られた死者たちだろうか）

死者たち
あなた達の言葉だけが信じられる
死者たちを前に立ちつくすとき
殺しあうための神はいらない
殺しあうための〈唯一者〉たちよ
あなた方の言葉はいらない
殺戮しあうための言葉はいらない

死者たちを前に立ちつくすとき
私は影
ただ心もとない一枚の影にすぎない

揺れる影
揺れながらそのまま揺れる炎になる
私の炎に照らされて私自身の影が揺れ
岩々の影が揺れると
閃光とともに燃える陽炎

一望の瓦礫の中から陽炎が立ち
音もなく歩きはじめる
立ち上り岸に上がる無数の死者たち

何処へ行クノデスカ
言ッテクダサイ
アナタタチの言葉ダケガ信ジラレマス

言ッテクダサイ
正シイ戦争ハアリマシタカ

死者タチ
アナタタチノ言葉ダケガ信ジラレマス

言ッテクダサイ
死者ヨ
アナタノ言葉ダケガ信ジラレル
正義ノ戦争ハアリマシタカ

シカシアナタハ言葉ヲ発シナイ
ヒトタビアナタガ発語スレバ
トタンニ世界ハ痙攣シテ　血ノ気ヲ失イ
スベテノ時間ハ

# 蒼ザメタママ凍ルデショウ

（けれども　あの日爆弾で死んだ自分のことを
語ることができるものは誰もいない
そのことを私たちに告げることができるものは
誰もいない）

私は叫んでいた――
ああ　何がある
この荒涼に佇んで
ひとつの「意味」を問いかけるとき
返りくる呪詛の木霊の響きのほか
あるものは
ただ死の意味ばかりだ

呼びかけは岩々にはね返り
すると私は岩礁の数だけの亡霊となって
灰色の海　焦土の海の中から立ち上がる

岩礁の向こうは海
私は残された時間を照らしながら
私自身を看取ることなく
分身した無数の私を照らし
私自身のなかに崩れ落ちて燃えつきる一本の蠟燭

（だが　この火の消えぬうちに‥‥）

そのとき私自身
ジョージ・シーガルの像になって‥‥

海はもう波も凍り絶え間なく骨の降る洪野だった
私の叫びも流氷の上をぎごちなくギクシャクと滑り
しわがれて還ってきた
海面を渡る風のような声たちの帰還
木魂ひとつなく声たちは波打つ風紋の砂の中に消えた
私に何ができる
ただ駈けぬけていくばかりだ
駈けぬけて
この意味と非意味の境界域を侵犯し
死者たちに　答えのない問いを投げかけ続ける

*

私の誕生の瞬間に
空は無数にひび割れた鏡になって私を写した

するとひとつの太陽とともに
私は分裂し
私の影は飛散してスペクトルになった
果てのない果てからやってきた隕石の私だったから
天の球体を突き破って燃える私の産声は
千千（ちぢ）に砕けた

いらい変身と変心をつづける私に
深い喪失の感情のみが残った

もはや振り向くことはない
振り向けば罠
後に続くものの懐かしい足音
遺してきたものの懐かしい呼び声
だが振り向けば死の淵

生とは死を内包するもの　誕生の瞬間に
死を胚胎するもの　それが不可避である以上
私たちは長い時間をかけて手塩にかけ
私たちの〈死〉を育てた

背筋に感じる冷たい感覚に振り向いて立止まったとたんに
私たちは凍りつく
愛する息子の誕生の瞬間にも
いつか来る別れのときを怖れる
そのときから生は始まったのだ
喜びはまた悲しみの胚珠とともにあることを知る

私たちのなかで静かに　幼かった
死が育ってきた
音もなく雪解けの水のようにゆたかに

地上を潤していく　それが死だ
貧しかった私たちの死
私たちはその死をよりゆたかにするためにも
生をしてより遠く行かしめたいと願っていた
より深く　より長く働かしめたいと……
ひたすら死者たちの言葉なき言葉の意味をもとめて
継走する者のあてもないまま

＊

だが意味もなく　荒野の果てに野垂れ死にする
この遁走に私はいっさい栄誉を求めない
これだけが確かなこと
はじめに闇　闇のなかから　ひとは己の闇を携えてきた
闇のなかからしだいに朧におのれ自身を認知してきた
だからひとが還るところは

計測できない　なにひとつ測ることのできない
無極の　終わりなく始まりのない
大いなるものにちがいない
そのなかへ私も
私自身の育ててきたわたしの文脈の闇を携え　未完のまま
帰って行くのだ

だが私はその大いなるものを
私たちの似姿の手には委ねまい
私たちの似姿ではなく
すべてを超えて
無極の闇の大いなる愛だけが私を包んでくれるのを待つ
そのときはじめて
私自身死者として
〈死者の言葉〉を携えよう

だがその最後の言葉を
私は伝えることができるだろうか

＊1　現東京都新宿区四谷大木戸から府中市白糸台まで

# Ⅵ 迷走曲

——駆け抜ける聖なる不倫の季節

ウスタゴ
すなわち
逃走する遁走者
無国籍にして多国籍者
韻律の支配を遁れ
ひたすら駆け抜けるこの
終りない　終りの季節

＊

聖なる不倫の
鏡像段階を過ぎて鏡の前を横切(よぎ)った影が　わずかに鏡像からずれると
一瞬こちらを向いて骸骨になる
通り過ぎた影は若草の上で踊った　芝の上に倒れて胸像となり
這ってそのまま灌木の茂みに隠れた
一羽のひばりが驚いて飛び上がった

ひばりが見たものは街全体が一枚の絨毯だったこと
空中浮揚した巨大な瘡蓋(かさぶた)が横滑りに飛んで
コンクリートビルの群が崩壊して四散した
それはかつて苔むした寺の地面にかがみこんで見た虚仮(こけ)のまち
限りなく墓標につながる無原則な皮膚を覆う街区というケロイド

そして聖なる避妊の
G線上の犯された聖母は子午線の上で踊る
南回帰線を羊腸にかえて贖罪を奏でる
海は想像力の波に同調してサンバを踊った
その海の膿瘍を血に染めて渡る落日

落日は秒速で海面すれすれに飛ぶ
一丸の火の玉　それを追って

泡立つ海の上を掃く魔女はもういない
軌道をそれて永遠に宇宙をさ迷う落日
もはや焼け爛れた空もなく空は黒く
音楽を奏でるものの弦は切れた

うらぶれた神のみ心もなく一本の高圧送電線が
その端末に核爆発の引き金をつけ心なく垂れ下がる
狂気の芸術がその引き金をカンバスに引き込み
核爆発を画布に定着したと信じて額縁のなかに封じ込めた

そして聖なる不妊の
女たちいつも頭巾をかぶり互いに顔を隠す
ためにその匿名の女を抱いた
女はすり抜けて名前という男の殻を抱いた
大胆に言葉を抱きしめると

不在の語群と語彙は流行の枠に囚われた人質となって
屋根裏で干からびていった
ＣＭプロパガンダに扼殺された言葉たちの遺骸を集めては
日に数十回軌道を清掃する魔女
牢獄の人工衛星よ　永久に脱出することができないものを閉じこめたまま
軌道を周回するもの
残骸の飛行物体よ
鉄の封筒に答えのない問いを封じこめて　軌道を巡る沈黙の宇宙船は
昨日さ迷えるオランダ人（びと）の宇宙船として公認され
アノニムに受取人のいない鉄の手紙を携える
懲罰者は死んだ　封印を解かれぬままに封印を解くものの死が
事態を困難にしている

急がなければ！
誰が呪いを解く

扉を開くのは誰
（オクタビオよ　あなたの偉大な嶺にたどり着きその秘密の箱を開くのに
パスワードはない）

＊

そして
聖なる否認の

燃え滓の太陽を路上に転がす　敷石に焼け焦げを残してカスバの急坂を転落する太陽の先に凍結した海はあった　海は太陽を受け容れ　その腹の上を優しく転がして次の世代に申し送った　太陽はG線で構成される子午線の一本に触れると　苦悶の軋りで奇声を発したカトマンズからチョモランマへとひと跨ぎした黒い猫が　氷上の太陽にじゃれつき手玉にして　それからそれを毛玉に変えた　ほぐされていく毛糸の太陽はその糸でみずから「芸術」を編んで痩せていった

凍る海上に反射する満月の光は謎の飛行物体の影を捉えた　子午線をよぎって落下するニュートンの球体の皮剝ぎをするように　高速で周回する物体の影は　燐光を発する隣人の頭蓋骨にすぎなかった

昼夜の境を喪ったこの世界とは何だろう　少しづつ地理を移動する時間　二十四時間三百六十度の角速度で回転する球体の表面にあって太陽を追う　常に南中する太陽は頭上にある　そのとき「永遠」に続く昼は「永遠」の夜の裏側にある　角速度時速十五度の太陽に赤道の見せかけの夜を演出すると　時速千六百六十六・六六・・・キロで太陽の影は海面を飛ぶ　さ迷えるオランダ人は眠ることができない

ときに牢獄に楽しい生活を送る　日々常識の差し入れを受けてはそっと鉄格子の外へ投げ棄て　心はスズメのように籠の中で羽ばたいた　独房の床に砂の種を蒔き　いくつもの不毛の罪を育てた

三月六日　迷走と書く
不倫の季節
逃走し　闘争する

*

ウスタゴ・ウスタコーク
すなわち
逃走する遁走者
無国籍にして多国籍者
韻律の支配を遁れ
ひたすら駆け抜ける
この終りない終り

転げ落ちる石に追われてひたすら下降するもの
そのつど蹴落とされる石を押し上げる無限循環の罰を負うもの

呪われた迷走を続けるさまよえるオランダ人
太陽もまた月を追って流離（さまよ）い　その影を地上に落とすとき
投げられた影は月の影を追って地表を漂泊する

すべて影になり日向になり
（失踪することなく）
変身するウスタゴとウスタコークの
疾走は続くのである

# あとがき

私が詩を書き始めたころ詩人の戦争責任を問う議論が盛んだった。私も無関心ではいなかったが、酒の勢いで、「荒地」の詩劇は「灰と血と砂」とさえ書けばできる、などと言って木原孝一氏を憤激させてしまった思い出がある。戦争の体験者だけが幅を利かせているように思う青臭さが私にはあった。やがて「戦争を知らない子供たち」というフォークソングも生まれ、なにか戦争責任論も遠いアナログ世界の出来事のように見え始めた。

しかし戦争は一部の直接体験者だけのものではなく、男たちの浮き上がった論理が先行し、挙句の果ての「男性世界の暴走」として現実に存在している。スターウォーズのようなスペースオペラが浸透し、善と悪、正義と不正義を単純に二分する大衆社会状況の中で、タブーであった核武装論や、先制攻撃論さえ囁かれ始める今日、中東など一見遠いところの存在に見えても、戦争はデジタル世界の新しい装いで見え隠れしながら偏在し、またどんな「解放」の軍隊も構造的に悪を内包しているのだという醒めた思いも、こんな詩を書かせてしまった。

このたび一面識もない私に出版を快諾された、思潮社の小田康之さん、編集、校正、装幀に、親身な協力と助言を下さった嶋﨑治子さんに、心からの感謝の気持ちをお伝えしたい。

二〇〇九年六月八日

小勝雅夫

## 余白を借りて――わが余白の遍歴

一九三二年四月、東京市四谷区麴町十三丁目に男七人兄弟の次男として生まれる。詩集は『近似的小説・ウスタゴ』（花神社刊）のほか、『唖・言葉』『痴呆のオルゴール』『夜間非行』『高原情歌』『単彩胞の夢』などの私家版がある。戦争で廃業させられるまで米屋だった父は蛇笏門の俳人、兄は私とは正反対の影山流免許皆伝のサムライであった。

詩壇との交流はほとんどなく、五〇年代、気の進まぬまま連れて行かれた八王子市内の小川富五郎（青山鶏一）宅で、地元出身の先輩たちに出会った。三好豊一郎、難波律郎、浅野博史、斎藤正二（短歌研究）、井田誠一（作詞家）、その他画家、医師など、紫煙もうもうたる中で談笑する先輩たちに、とっさに竹林の七賢を連想した。そこで出会った門間久男らの若い詩人たちと「La Cloche」「創現」などの同人誌を作った。また門間を介してＪＡＰ同人らと知り合った。

三好さんは父の句を絶賛して長い巻紙の手紙をくれた。しかし私の詩への評価は、「お父さんの句の方がよっぽどよい」というものだった。後年難波さんが私の『ウスタゴ』を大きく評価してくれたが、大方の文人的な諸先輩との違和感は払拭し切れなかった。その後深夜叢書から詩集を出した絵内義彦、サンリオ出版の佐藤守彦、造形大学の波多野哲朗ほかと出会い、波多野氏とは時にアングラや前衛映画等をめぐって行動を共にした。

顧みて出生以来余白の人生だったように思う。いつも自分の居場所がない、自分がはみ出しているという思いに駆られた。これらの体験は私に敗者の目で世界を見ることを強要し、脱落者の視点、ひいては私の中の「死者の目」を培養するようになった。更に戦争は私の一生に強い影響を与えた。

生後一年足らずで肺炎に罹り、まだ抗生物質もなく死ぬ所を生き残った虚弱児の私は、更に煮え湯をこぼして両足にケロイドを残した。以後、腺病質、青瓢箪、兵隊になれない弱虫などと罵られながら、薄い胸の漏斗胸とケロイドの日蔭者は、頻繁に風邪をひいて小学校を休み、頭痛をこらえながらの早退を繰り返した。喧嘩に負けては悔しさを嚙みしめた（ある日放課後のひっそりした工作室の隅で、「元気を出したまえ」と大人びた言葉で背中に声をかけてきた級友が、施設に妹と暮らす孤児だったことは終生忘れられない）。

すべてが奪われてゆくような気がした。なによりも戦争が私から「教育」を奪った。戦後五十年余を経て小学校からの卒業式挙行の手紙に、私は小学校をすら「卒業」していないことを思い知った。父の仕事と関連して八王子市に疎開し、前後して立川の旧制中学に入学したが、最初に受けた教育はいきなり富士山麓での軍事教練だった。しかしその合間にも、担任の教師が、敵性語とさえ言われた英語を、ひいては外国語を学ぶことの歓びを与えてくれたのが唯一の救いだった。二年生で陸軍の火工廠に勤労動員で送り込まれ、敗戦を迎えた。

敗戦は追い打ちをかけて私から学ぶことの機会を奪った。花火屋の出だった父は親族と火薬工場を作り、軍に本土決戦用の小火器類を納入していたが、敗戦直後病を得て働けなくなった。インフレの苦しさの中で、一家八人の生活を支えるために働く、母と兄の姿を見るのは耐えがたく、次男だった私は、高校を退学して共産党労組の強い配電会社（現東京電力）に入った（同じ頃幼くして父を失った私の妻も、一切の財産を棄ててきた樺太「難民」の、困難な生活を強いられていた）。

以来身に付けたニホン語と掠め取った英文法で武装し、孤軍奮闘、教育を奪還して己自身を鍛え上げなければならなかった。その頃通った定時制高校の、長身に冷や飯草履という風変りな英語教師から、少なからず英詩の手ほどきを受けた。日夏耿之介の弟子早矢仕黄林と称し、ポーの詩集が教科書だった。

しかし虚弱な体に労働はきつく、体調を崩して湘南のサナトリウムに送られたが、「アララギ」に投稿したり、患者達で回覧雑誌を作ったりの生活は楽しかった。サナトリウムを抜け出しては鎌倉に行った。

ある日転機が訪れた。由比ヶ浜通りの本屋でリルケの『若き詩人への手紙』を見つけ、同じ頃雑誌「詩学」で矢内原伊作訳の「若きパルク」を読んで仰天した。初めて出会った本格的なフランスの長篇現代詩は私を開眼させ夢中にさせた。同時掲載の富士川英郎訳「ドウイノの悲歌」にも心を揺さぶられた。

退院後退職して予備校通いを始めたが、そうしているのももどかしく、アテネ・フランセに通い、菱山修三訳で昭和十七年青磁社刊のヴァレリイ全詩集全四巻を繰り返し読んだ。「アラギ」も何時かやめてしまった。

世界に意味はあるのかと素朴に悩み、「神様、お妾でもいい、あなたのお側に置いてください」などと書きなぐった。テスト氏やマルテの中に孤立無援の自分を投影していき、退職金も失業手当も使い果たした。ガリ版筆稿、花屋、塾講師など、様々なことをしながら当てもない詩的放浪を続けた。

転機が再び訪れたのは二十代後半だった。井伏鱒二の『多甚古村』を読み、漠然とカフカの会計係のように村役場の戸籍係になれたら、と思うようになっていた矢先、偶然採用試験があり、市役所の吏員になったのだ。何かと反抗的だったのが幸いして、当初配属された月百五十時間の残業という部門から観光課へ追い出され、汚職体質の上司に逆らって飛ばされた先が、出張所という旧「村役場」だったのだ。幸運にも念願がかなった「役場」勤めで、客の途絶えた雪の日にはストーブの上で汁粉を作り、甘酒を温め、束の間私の「多甚古村」生活は続いた。（だがそんな中でも死刑執行の死亡届（死体検案書）に色を失うなどの緊張もあり、）やがて周辺地域の都市化でわが「多甚古村」も急速に崩壊していった。

本庁に戻って定年を迎え、障害者との交流、環境保護、病妻介護と日暮れてなお遠い道を歩んでいる。

# 擬小説詩・近似的詩人ウスタゴ或いは起承転々多重音声遁走曲　または　もしくは・・・・

著者
小勝雅夫

発行者
小田久郎

発行所
株式会社　思潮社
〒一六二―〇八四二　東京都新宿区市谷砂土原町三―十五
電話　〇三（三二六七）八一五三（営業）・八一四一（編集）
ＦＡＸ　〇三（三二六七）八一四二

印刷所
三報社印刷株式会社

製本所
誠製本株式会社

発行日
二〇〇九年九月三十日